DERRIÈRE LA PORTE VERTE

Shirley Barber

Les mondes enchantés
à lire et à écouter

Piccolia

« Maman, il y a des fées au fond du jardin ! s'écria Cléa. J'ai vu une petite porte verte dans le tronc du vieux saule. Elle ouvre sur leur royaume.

– Mais oui, ma chérie, lui répondit sa maman, occupée à préparer la cuisine. Maintenant, pourquoi ne promènerais-tu pas ton petit frère dans le jardin ? Tu pourrais lui montrer la porte verte et lui faire visiter le royaume des fées. »

Cléa savait bien que sa maman ne la croyait pas vraiment. Elle disait cela pour lui faire plaisir. Elle prit tout de même son petit frère Rowan par la main et le conduisit au fond du jardin, devant le vieil arbre.

« Chut ! Rowan, lui chuchota-t-elle. Si nous sommes sages, les fées ouvriront peut-être la porte verte et sortiront pour nous parler. »

Au bout de quelques minutes, la porte verte s'ouvrit enfin...

... et des fées apparurent.

« Voulez-vous passer par cette porte et découvrir notre royaume ? leur demandèrent les fées.
– Oh oui ! » s'écria Cléa, tout heureuse.
Sans tarder, son petit frère et elle se baissèrent pour passer la petite porte.
Ils entrèrent dans le royaume des fées !
Devant eux se trouvait un village de champignons où des elfes et d'autres créatures magiques étaient occupés à discuter, à lire ou à travailler.
Émerveillé, Rowan partit en courant explorer les petites routes sinueuses.
« Ne va pas trop loin, tu pourrais te perdre, lui conseilla sa sœur. Reste près de moi pour que je puisse te surveiller ! »

M. FOLLET
BIENVENUE
RUE DES FLEURS
RUE DES RÊVES

Pour Rowan, les maisons-champignons ressemblaient à un village de poupées et il voulut jouer avec les elfes et les lutins.

Cléa le regardait s'amuser. Soudain, elle remarqua, un peu plus loin, un magnifique jardin plein de grandes fleurs.

« Viens, Rowan ! l'appela-t-elle. Allons voir de plus près ces belles fleurs. »

Elles étaient si grandes que Rowan oublia bien vite les maisons-champignons et courut les admirer. À l'intérieur de chaque fleur, un bébé fée était pelotonné comme s'il était dans un berceau.

« C'est là que les bébés vivent jusqu'à ce qu'ils soient assez grands pour voler », leur expliqua une nourrice magique.

La pouponnière baignait dans une lumière dorée et pour que les bébés n'aient pas froid, il y faisait une température assez élevée. Cléa et Rowan eurent bientôt si chaud qu'ils furent contents d'entrer dans le bois voisin, frais et ombragé. Un chemin bordé de fougères les conduisit jusqu'à une mare de nénuphars où des fées se baignaient. Elles jouaient près d'une fontaine de cristal. Cléa et Rowan burent l'eau de la fontaine dans des feuilles et barbotèrent dans la mare. Bien rafraîchis, ils continuèrent leur visite.

Shirley

Ils suivirent un chemin à travers bois quand soudain, la douce musique d'une flûte, d'une harpe et de clochettes aux tintements argentins leur parvint aux oreilles. Guidé par le son mélodieux, ils découvrirent, dans une clairière bordée de fleurs, un groupe de musiciens. Des lapins, des souris et des grenouilles formaient un orchestre et jouaient ensemble un air magique sur lequel des fées dansaient avec légèreté.

« Il y a un bal ce soir, leur expliquèrent les fées. Nous répétons pour que notre danse soit parfaite. »

Les enfants poursuivirent leur promenade et arrivèrent bientôt à l'orée du bois. Là, entre les racines d'un grand arbre, sur une terre sablonneuse, des cavernes étaient aménagées.

Anna et Rowan virent sortir de leur maison des gnomes cuisiniers portant des plats qui sentaient formidablement bon.

« Tous ces mets que nous préparent les gnomes seront servis au bal de ce soir, racontèrent les fées aux enfants. Les plats sont cuisinés ici puis sont transportés au château sur des chariots-papillons. »

Les gentils gnomes invitèrent Cléa et Rowan à s'asseoir et à savourer quelques mets appétissants.

Alors qu'ils goûtaient toutes sortes de gâteaux et de biscuits enchantés, Cléa discuta avec les fées et les elfes de la vie dans le royaume.

« Quel travail faites-vous ? leur demanda-t-elle.

– Mon travail est de sortir et de mettre des cristaux de gel partout, lui répondit une fée aux cheveux d'argent.

– Pourquoi faites-vous cela ? s'étonna Cléa, perplexe.

– Eh bien, quand le monde est triste et sans éclat et que tu te réveilles le matin pour découvrir que chaque branche et chaque brin d'herbe scintillent, c'est une belle surprise, n'est-ce pas ?

– Oh, oui ! s'écria Cléa. Merci, fée d'argent, pour tous vos beaux matins lumineux que vous nous donnez !

– J'ai aussi mon travail dans le monde, dit un elfe en souriant aux enfants. Avec mes paniers remplis de champignons rouges, dès l'aube, je vole et je les plante de-ci de-là, aux endroits où je pense qu'ils seront bien à leur place.

– Oui, nous les avons vus, n'est-ce pas Rowan ? s'exclama Cléa, tout heureuse. Vous en avez placé quelques-uns sous les pins, juste à l'extérieur de notre jardin.

– Maintenant, que voulez-vous voir les enfants ? » leur demandèrent les fées. Cléa regarda Rowan quelques instants. « Nous devons rentrer à la maison, dit-elle à regret. Notre tante Éline vient déjeuner et le repas va bientôt être servi. » Mais Rowan ne voulait pas s'en aller et Cléa eut peur qu'il se mette à pleurer. Elle décida donc qu'ils resteraient dans le royaume des fées encore un peu.
« Pouvons-nous voir où vous faites toutes les jolies robes étincelantes que vous portez ? » leur demanda-t-elle.
Les fées les conduisirent aussitôt auprès des fileurs de soie qui passaient leur temps à confectionner des châles en gaze légère, des robes et des manteaux, tous délicatement cousus avec des gouttelettes de diamant.

« S'il vous plaît, montrez-nous encore une dernière chose avant que nous rentrions à la maison, demanda Cléa. Nous aimerions voir le château magique où vous vivez, là où aura lieu le bal de ce soir. »

Les fées sourirent et déposèrent les enfants dans un chariot-papillon qui vola au-dessus de la mer. Ils découvrirent un archipel d'îles où trônait un scintillant château magique au sommet d'un rocher.

Pendant qu'ils planaient autour du château, Rowan s'endormit dans les bras de sa sœur. Le chariot-papillon changea de direction et survola la forêt, la prairie et le village de champignons avant d'atterrir près du vieux saule.

Cléa réveilla Rowan et l'aida à passer la petite porte verte qui s'ouvrait sur leur jardin. Encore tout embué de sommeil, le petit frère ne pensa pas à protester. « Au revoir, Cléa et Rowan ! s'écrièrent les fées. Soyez bien gentils et nous nous reverrons bientôt ! »
La petite porte verte se referma sur les fées et sembla disparaître dans le tronc du vieux saule. « Viens, Rowan, dit Cléa en prenant son petit frère par la main. Allons déjeuner et nous pourrons raconter à maman notre visite dans le royaume des fées. »

Les enfants trouvèrent leur mère en train de dresser la table pour le déjeuner. Leur tante Éline était déjà arrivée. Elle les embrassa et leur donna à chacun un cahier de dessins et une boîte de crayons de couleur. « Rowan dessine très bien, dit Cléa. Il peut dessiner un chat, une balle ou une maison. Rowan, dessine quelque chose pour tante Éline. » Alors Rowan commença son dessin. Mais tout le monde fut très étonné quand, au lieu d'un chat, d'une balle ou d'une maison, il dessina… une fée !